U0906205

誰是張堪布

川　上著

長江出版傳媒 | 长江文艺出版社

目　录

I　发光体

II 灶台上的蚂蚁

III 身体内的舍利

IV　安静的悲喜

V　掌上之旅

VI　失去的语言

VII 乒乒乓乓的声音

附：有生（随笔）

I　发光体

奔跑的云

棉花从棉桃中炸开
声音真好听
整个下午
他都在棉地听声音
声音由近及远
他一路跟过去
声音一直延续到天边天边是黄昏
他一路跟过去
棉桃开过棉树就死了
幸好到黄昏
他已看不见
棉桃在继续开
他的背后像是跟着一大片
可以奔跑的云

2015.1.24

尘　埃

从门缝中挤进来的一束光
照亮的
是空气中起舞的尘埃
这尘埃　在这样一束光中起舞
这房间内所有的尘埃
这一刻似乎都已
聚集到这光束中起舞
这光是明的　这尘埃使这光
找到它的方向性
这光　从门外挤进门内
更像是门外的大光明
所漏掉的部分
它漏进来的目的
仿佛就只是
为了让我看见
原来还有这么多的尘埃
藏在我的房间里
原来这么多的尘埃
还可以在这光漏中
自由地飞舞

2007.3.29

光是直的

光是直的
所以穿越
它一直在穿越
直到它被耗尽
成为暗
光是直的
不能弯曲
即便转折
也是直来直去
所以　光所照亮的
永远只是一部分世界
而不是全世界
光是直的
是燃烧着的暗
它存在的方式
就是把自己烧掉

2009.1.8

一分钟

一分钟可以这样过——

对着玻璃哈气使玻璃模糊
窗外的事物呈现缓慢的印象主义；

听鸟叫
唧唧——唧唧——唧唧；

掷色子
东南西北中发白，猜中间的一只；

或者奔跑。或者跳跃。或者滑行
——抓着缆绳从一个山顶到达另一个山顶；

或者停顿
眼睛望着飞瀑但心里并不想着飞瀑

2009.5.16

轻

第一下重一些，第二下就很轻

从第二下之后，一直就轻
快的，像飞行。像麻雀，在空中不着痕迹

慢的，像水
漫过杯沿，不发出声音

但仍然有声音，仍然有痕迹

像鱼群，在晨曦中露出小嘴
咂吧咂吧着喝水；像走在四月的田野，在田野的一角

遇到了灰烬。漫天飞舞的灰烬
漫天飞舞的依附在灰烬上的甜蜜的精灵

2009.5.17

薄　雾

戴黑边框眼镜的孩子
来到大树下
他看见那人在江面的一点点薄雾中
向北，一直向北
如觅食的候鸟
游走在时间的间隙

2009. 4. 8

泥　沙

他不是被大风吹散的唯一的人
他不是眼睛里塞满沙子的唯一的人
在江岸，在盛大、混浊的流水边
他不是陷在泥沙中已经陷得很深的唯一的人
在孤寂、浩瀚的苍穹下
他不是听着风声就可以流泪的唯一的人

2009.4.8

发光体

如果有黑暗，那黑暗来自他自身
水上点灯的人
要暂时离开他的身体
他已到高处，他已到皎洁的明月之下
他看见那个点灯的人还在灯边坐着
水静静地流，在沉默着的怀抱中的水静静地流

2009. 4. 9

琉　璃

是霓虹　映到了脸上
还是霓虹
是倒影　波光中的倒影
水中的前世
是朝露　清晨是朝露
正午消融在空中
是琉璃　眼琉璃　趾琉璃
是如琉璃

2009.4.14

墙上的书写

那人提着颜料桶
走街串巷
在墙上写字
他不写
什么是什么
什么为什么
什么能什么
他写词
春光　流水　栅栏　麻雀
枪炮　工业　石头　命运

2009. 3. 8

望远镜

少年小桥的望远镜
最大值是二十四倍
因此长久以来他的所见之物
是普通人的二十四倍
这包括林中的斑鸠　树叶上的毛毛虫
橱窗里的模特　公路赛飞过所扬起的灰尘
因此少年小桥看事物的过程就是把事物放大的过程
此刻　小桥已回到他的房间里
他的望远镜对准的是对面的屋顶
五只鸽子　白色的鸽子排成一排
你一下　我一下　它们用嘴啄着彼此的身体
夕阳就要下山的那一刻
五只鸽子　白色的鸽子
骤然离去
而天空
少年小桥的天空不留下一丝的痕迹

2008.5.3

纠　缠

他在墙上钉钉子
墙背面的人在玩游戏
他把钉子钉到墙的里面
再把钉子拔出来
整整一个夜晚
他都在钉钉子
拔钉子
整整一面墙
在黎明到来的那一刻
显得异常空虚
而墙背面的那个人
在游戏的森林里
攻城略寨
他遇见了敌人
他打出的子弹
与背面墙上所钉出的黑洞
一样触目惊心

2009.1.8

水木头

他不知道　为什么木头也可以流泪

木头做的房子
在春天刚刚过到一半的时候
在第一声春雷撕扯着嗓子咆哮过、击打过之后
便开始流泪

他拿毛巾擦　拿纸擦　拿衣服擦
他擦木头　擦房子内的每一根木头
他擦呀　擦呀
到天黑　他还在擦着这些木头
到天黑　他也不知道
他为什么还在擦着这些木头

2009.6.15

有时候我觉得自己是一棵树

一棵树

一棵树　有时候
只活在
它自己的阴影里
此刻　我觉得
我就是这棵树
我的阴影
是一群麻雀
铺天盖地
每一只翅膀
都是一片叶子
而在此之前
我的阴影是麋鹿
角尖太长
难免触及
虚空

我在阴影里

我在阴影里
试着去捉
一只同样

在阴影里的
麻雀
它过于机警
飞了
在天上
它和一群
长得一模一样的
麻雀
一起飞

隔壁小五
对着墙壁
玩手指游戏
他变幻出
一张嘴
两只翅膀
嘴一张一合
像是在说话
翅膀一张一合
像是要飞

母亲说

母亲说
等你睡着了
一棵树
就会行走
等你醒来
它又会

回到原处

在梦中
凡地上的
都在行走
凡天上的
都在飞
唯一没有行走的
是我家门前的
那棵树
因为这棵树
没有行走
我家的房子
一直立在那里

到更黑的地方去

到更黑的地方去
城外漆黑
驱车十里
到更黑的地方去
更黑的地方
有更多的
星星

那夜
我躺在晒谷场
蚊帐中的萤火虫
飞来飞去

它只用一小会功夫
就游过了银河
它只用一小会功夫
就歇在北斗七星的
勺子里

偶然

偶然
她说只是偶然
即使住到月亮里
即使挑着担子
即使擦肩而过
即使你在天上
我在地下
即使我像一棵树
生长
再生长
即使河里有水
水里有鱼
即使有风
风吹过来了

此处是荒漠

此处是荒漠
夕阳下

黄金垒砌的
一座城堡
至今无人居住

我把鞋子脱了

我把鞋子脱了
我把袜子脱了
风沙中
风沙塑你成形
我曾以为
低处的只是山谷
高处的只是山丘
当你旋转着
狂放着
完成风之舞
当你裸露每一寸肌肤
像个幻觉
沉睡又清醒
清醒又沉睡
夕阳拉长我的影子
我的头抵到你的头

弱水载不动浮萍

弱水载不动浮萍
而我不比浮萍更轻

得渡者
是鸥鸟　是鹳　是白鹤　是蜻蜓
甚至是蚊虫　是蚱蜢　是蚂蚁
在黑水河
我看见
一棵树把它的根须
伸进河水里

我清醒的时候

我清醒的时候
我的影子在沉睡
如果我真是一棵树
白天所经历的
我的影子不会记得
哪怕疼痛
哪怕狂喜

2015.1.1-1.12

II　灶台上的蚂蚁

脚　印

清晨　门前的泥地上
共有五只脚印
一只脚印像树上的枝丫
遒劲中透着秀气
有如柳体的笔画
这兴许是我们家打鸣的公鸡
踏出来的
一只像是背上的抓痕
长长的弧线渗入肌肤
一看就知道是我们家的狗
用一只前爪扒出来的
一只是屐痕
深陷泥土之中
那脚像是用了很大劲才拔出来似的
（这应该是我们家老爷子
昨夜起夜留下的
现在还像老爷子一样
喜欢穿木屐的人
已经不多）
还有一只脚印很模糊
也像是狗弄出来的
但明显比狗的小
比狗的轻
轻到像玻璃上爬过的声音
弄得人痒痒的
最后一只脚印最小

但最清晰

清晰到你一看就知道

是一只鸟留下的

但你认真一看

又不知道

是一只什么样的鸟留下的

2009.2.24

微　凉

天刚蒙蒙亮
我们家水牛拉的第一泡尿
足足有半桶
它的热气与空气中的潮气
混淆在一起
凝为晨露　挂在牛尾上

隔壁家三叔在轻声念叨——
“尿……尿……尿……”
他轻抚着母牛的脊背
把随手抓到的虱子丢进嘴里
嘎嘣一声
他吐出早晨的第一口痰

就在前天
三叔家母牛刚下了崽
它站着就把崽给下下来了
三叔双手接崽
搂在怀里
崽从胎衣中挣出头
它好奇地盯着眼前的陌生人
像是要打探他的来历

2015. 1. 16

深　夜

深夜里
狗看见了什么
它对着一棵苦楝树长吠
紧接着它游过冰凉的湖水
穿过稻场、菜地
在长满野蕨菜的田埂上狂奔
它像是在追赶又像是被追赶
深夜里
狗嗅到了什么
它在门前的院子里打圈圈
毛发竖起尾巴竖起眼睛红红的
它的舌头舔着每一块木头、砖头、石头
它舔地上的湿泥巴
舔自己走过、爬过的每一只脚印

2009.2.1.

簸箕上的玉米

簸箕上
是黄灿灿的
玉米
阳光下
簸箕挨着簸箕
簸箕中
一只麻雀
蹦来蹦去
它想吃
一粒玉米
它想找到
一粒更小的
玉米
簸箕边
坐着一位
老太太
她在打瞌睡
她打瞌睡的姿势
像参禅
她的头
点了一下
又点了
一下
像对着
簸箕中的

麻雀

像对着

簸箕上的

玉米

2009.2.15

灶台上的蚂蚁

我的四位兄长都已吃饱了饭
他们躺在长条板凳上午睡
板凳排了一排
从大门排到了后门
我的兄长们头顶着头脚抵着脚
把靠近后门的那条板凳
留给了我

我坐在灶台边
我在观看灶台上爬行的蚂蚁
先是一只
接着出现另一只
一眨眼功夫
蚂蚁已排了长长的一排
如一支浩荡的大军

窗外的蝉
最懂得用它们的叫声来衬托
这正午的宁静
一只蝉叫声刚要停下来
另一只就接着响起
这叫声伴着空中的飞絮
白色的飞絮往下落
怎么落也落不完

2009.2.19

水中的寓言

头上长着几根黑色羽毛的鹭鸶
始终没有学会叫鸣
它潜水
在淤泥中搜寻
一只张开嘴巴准备喝水的蚌壳
一条水红色的丝袜
一小块藏青色的鹅卵石
一片手掌一样摊开着的梧桐树的叶子
一枚被磨损在水中已失去记忆光泽的硬币
被这鹭鸶衔起　摆成一个圈
在船头
这鹭鸶蹲在它摆的这个圆圈之中
仰着脖子喝水
如饮酒
风吹着它头上的羽毛
带来一丝寒意
它摇头
甩掉身上的水珠
继续喝水
船移动
缓慢地
消失在苍茫的云水之间

2009.3.3

七　姐

我不知道是否在别的地方
也存有这样的习俗
每年七夕　几个年轻的女子
聚到烛光下
她们把一根筷子
绑在筲箕上
焚香
在桌上撒米
口中念念有词
桌子边围满了人
也许十个　也许二十
他们屏住呼吸
眼睛盯着那根筷子
那筷子开始动了
筷子在写字
筷子在米粒中写下一个字
那字代表着它是谁
或者它想找谁
她们说筷子后面的那个它
其实就是他或者她
是我们这群人中
已去了另一个世界的亲人
他们由着七姐的指引
来到我们中间
他或者她
想我们中间

某个人了
（而我
也曾有过一个姐姐
她离开时我才刚刚出生
我不知道
这米粒中
她是否会写下
我的名）

2007.1.4

无　常

我们邻村的一位男子
被无常给吓死了
据说那天深夜
他拉门闩　打开
那扇吱吱呀呀的木门
在门前的稻场上解裤带
准备小解
他竟看见一个人
着白衣站在月光下
他正纳闷
这么深的夜
怎么还有人着白衣
站在月光下
那人就对他笑了
那人在笑着的时候
骤然间长高了

他看见那人
那着白衣的人
高过他的头顶　高过
水塘边的那棵杨树
他还在长高
他的头就要接近天空中
那轮满月了
他还在笑

我们邻村的那位男子
就是在这一刻被吓死的
他是被白衣人的高度所吓死
还是被他的笑所吓死
这一点已无从考证
但事后我们知道
那在深夜着白衣的人
其实不是人
是无常

2007.1.4

把最上面的那根木头放平

乡里面的先生在教孩子们写字
今天他们要写的是一个“天”字
天　他说
天　就是一个人
一辈子要遇见两根木头
一根用来挑担子
这担子他得挑一辈子
直到他老了　挑不动了
他停下来
他就发现　他的头上
还悬着另一根木头
所以　这先生接着说
我们写“天”这个字
一定要写好上面这一横
就像我们家里面盖房子
最上面的那根木头
放上去的时候　是最为慎重的
最上面的那根木头
一定要放平

2007.1.6

站在水边

捣衣的棒槌还搁在
那块青石板上
而那捣衣的人已不见踪影
天空下还在劳动的人
他们从来不去想象
天为什么是空的
我的影子可以长久地
映在水中
我可以对着我的影子
发一小会呆
说一小会话
只等到　那飞溅的泡沫
把我唤醒

2007.6.30

麻　雀

一只麻雀在风中
难以保持
它自由的姿势
它在门前的电线上
对着远处的稻草人
打盹
突如其来的一阵风
会把它吹下来
这是一只灰颜色的麻雀
在江汉平原
你很难找出
这只麻雀
与另外一只的区别
它习惯在稻场边
觅食
习惯于把粪
拉在围墙上
它的怕与爱
都是短促的
迅捷的
更多的时候
它依旧喜欢
蹲在门前的电线上
与其它的麻雀
排成一排

看着炊烟

从屋檐上缓慢地升起

2009.2.13

油菜花开

油菜花开的季节
我的喜子兄弟
被他的母亲关进那间黑屋子里
油菜花
开满了田畴
油菜花
甚至开到了喜子兄弟的窗台下
他只能听　不能看
整个三月
他呆在黑屋子里
整个三月
金黄的茁壮的油菜疯狂如癔语
（他们在油菜花中疾走
坐在田埂上喘息
他们在油菜花中闻到了泥土与恋爱中的蚂蚁
留下的气息）
喜子兄弟在他的黑屋子里嚎叫
他的声音早已嘶哑
但我们仍可以分辨出
他是在喊着自己的名字
“喜子！”、“喜”、“喜……子”
“喜……子……”

2009.2.21

老　屋

刚合眼就遇见
这房间里曾住过的
那个人
二十七八
穿戴齐整
她坐在灯下
书桌旁
穿针引线
纳鞋底
可仔细辨认
她却不是昨晚的样子
昨晚　她站在窗户边
头发零乱得像是另一个人

2012.12.8

棉花糖

到山坡上清晨挂满甜蜜露珠的细草中去
那个站在一群牯牛中的大高个
是我的喜子兄弟
他从他的花棉袄中掏出一只棉花糖
他把棉花糖往天上扔
这是在春天明媚的阳光下
一群孩子在玩捉新郎的游戏
他们蒙上眼睛
在一群水牛间追逐，穿行
我的喜子兄弟好流口水
好把棉花糖念成“棉棉”、“花花”、“糖糖”
他爬上牛背
又跌落到牛裆里
我的喜子兄弟裤子被扯掉了
他的脸贴到牯牛湿热的睾丸
他的棉花糖洒了一地

2009. 1. 31

天 门

这是我六岁那年听过的
最神秘的一个词
——天门。我家隔壁老陈三十六岁
娶了新媳妇。漂亮的新媳妇
大人们都说她来自天门

天门。天还有门
门的后面还住着
这么漂亮的新媳妇

那究竟是
一个什么样的地方呢
我很早就已起床
我靠在门框上
打量这个进进出出的新媳妇
偶尔，她抬一下头
露一对浅浅的酒窝

2007.1.1

老父亲

无儿无女，无根无据
异乡人老许
在这村落，已活过三十年
他住的茅草房子立在空旷的田野
前面一口水塘，后面一片瓜地
许多个傍晚，我们在草屋前围坐
听老许讲
大槐树下卖马的秦琼
一世英名，却曾因潦倒而隐姓埋名
东征西讨的薛仁贵
壮士长歌，三箭定得天山
那年月，一群童男子
憋着早晨的第一泡尿
在老许的身后蹲马步
梦想成为梦中的英雄
到夏天，孩子们就到那口塘里玩水
累了，就躺在草坪上
偷吃老许种的香瓜
——那香瓜，翠绿色的皮儿薄薄的
仿佛就要流水，流出生活的甜
三十年过去了，老许仍旧孤身一人
没有人知道他从哪里来
没有人能够说出
他有一个怎样的前半生
老许走的那天
全村人都出来为他送行

在那口水塘边

全村人都哭了

他们送走的

仿佛一个年代的记忆与秘密

那群在他身边长大的孩子

早已把他当作

自己的父亲

2007.2.27

飞　行

喜子兄弟
翻过栅栏
他提着刚从菜园子里摘下的两根黄瓜
他在黄瓜上系上
一条粉红色的丝巾
他的奔跑是迅捷的
他的表情是倔强的
他嗷嗷的叫声是让人惊恐的
他的上半身着一件破碎的上衣
那上衣随着他的奔跑在空中如一对翅膀为他的奔跑打着拍子
他的下半身是赤裸的
耀眼的白从村子的东头划向村子的西头如同一阵长长的叹息
在我们忧伤的眼神中
喜子兄弟
已爬到那堆高高的谷垛子上
他伸开双臂纵身一跃
夕阳下
如一只飞舞的蜻蜓

2007.11.14

打　牌

他用手一拍
石凳子上
出现的是一张红桃 Q
他再用手一拍
石凳子上
出现的是一张红桃 A
他傻傻地笑了
红桃，又是红桃
这都是他所喜欢的
在午后的阳光下
我的喜子兄弟
他在打牌
他一个人打牌
他认真的表情
却让我们以为
他是在与另一个人打牌
“你出啊！你出啊！”
他朝着他对面的空椅子喊
他把一张牌举在空中

2007.11.17

III　身体内的舍利

身体内的舍利

她的体内已生长出几粒很小的石子
她已忍受住那些锥心的疼
白天可以更漫长些，更漫长些
夜晚也可以更接近无尽的虚空
“我的疼是石子在我体内发言
我听着。我吃下的菜肴，我吸进的
尘埃，我内心的怨和恨，执着与恐惧
都已化身为石。如果
我的忍受力再强一些。如果
再来一把火，体内的一把火
这些石子，小小的
石子，就是我身体内的舍利”

2006.12.30

路过的还在

路过的还在。试图在时光中
翻一下身的还在。一张脸试图背离

另一张脸，试图沿老屋画一道圈，最后
画一道圈，在墙角停下来

每一个能够回来的，都是孩子
每一个就要离开的，或许就是兄弟

一粒尘埃在空气中漂浮
高一下，低一下。一粒尘埃

坠落到地上被践踏。左一下
右一下。生生还是无声

2006.12.27

一阵风

一阵风　改变物质的结构
老宅子在风中晃动它吱吱呀呀的门

老宅子可能过于腐朽
它在风中发出的气息是忧伤的

我在凌晨三点的睡梦中惊醒
那么多的人　在我面前立着

脸是深灰色的　呼吸是浅蓝色的
他们与风一起来　与空气中的一缕尘土

一起来　我还来不及分辨
那风　已了无踪迹

2007.1.26

台阶上的石头

台阶上的石头
在夕光中
有深沉的黑
它如同
爬台阶的人
露出的半个脑袋
它的静
留下台阶上
走过的动
有那么一个瞬间
夕阳沿石头的边缘
画一道金黄色的光环
这石头　就更像
一个人的头颅
那光环
仿佛是由它的黑
所发出

2007. 3. 12

听《般若波罗蜜多心经》

归元禅寺
昌明法师墨迹前
有女子念诵
《般若波罗蜜多心经》
“观自在菩萨
行深般若波罗蜜多时
照见五蕴皆空
度一切苦厄”
她嗓音温润如流水
而我的身体
却仿佛正遭受着击打
大庭广众之下
我的眼泪流了出来

2007.1.13

飞行在体外的身体

我要是愿意把这窗户打开
飞进来的　将是些陈年旧梦
它飞呀　我的身体
在我的床单上
它飞呀　我的身体在空中
在空中的我的身体
与我的床单一起飞
我是这异域的造访者
而在这尘世　我的身体
只在我更小一些的时候
才更容易
从我的体内飞出

2007.3.15

致中和

致中和　按我儿时的理解
它只发生在正午
那短暂的一瞬

早晨　一棵树的阴影
从它在地上睡过的
最西边　抬起它的头
它抬起的过程是潮湿的
是慢的

它潮湿的身体如吊桥
被缓慢拉起
它在地上所要走的路
走到了空中

它是要回去的
在西边　它所走的路
越来越短　越来越温暖
直到它走到一棵树的体内
直到这短暂的消失
有着片刻的安宁

2007.4.9

“致中和”语出《中庸》：“致中和，天地位焉，万物生焉。”

饮　酒

这地方　我多年前
一定是来过的
古老的国漆
它的魅力来自覆盖
来自醉酒一样的红
我与某某
在这小屋子里小饮
两只酒杯停在空中的那一刻
我竟然发现
这情景　早已潜藏在
我内心的某个角落
它发生过　是的
它如果不是发生在梦中
那也一定不是在我的今生
我看着我与某某
行记忆中相同的事
桌子上的水仙开花了
而话语已到嘴边
正要被第二次说出

2007. 3. 31

白　夜

越来越轻
越来越醉
这月光　白
白得可以
照出前世
稻场上空无一物
没有人
轻易出门

2007.4.18

一个人

一个人
在月光下
饮酒
他把衣衫除尽
他把春风带来的
还给春风

2007.4.18

春　蚀

春天不是在一朝一夕间度尽的
怀中有玉的女子，她的春天
可以是一场病，可以是
曲折回廊下的一声喟叹：
“到哪里去了？到哪里来了？
哪里是否就是那里？
那里往生还是今生？”
而雨还是下着的
而桃花！而桃花甚至连她的死
都是妖娆的
她在春雨中把这尘土化着红尘
她在春雨中终于等到
那个葬花的人

2007.6.13

鞋中无人

一双鞋
在阳台上晒太阳
雾霾天
再干净的鞋子
也难免有灰尘
我穿过的鞋何其多
要是让它们
一双挨着一双
摆过去
要是让它们
各自行走
它们是不是
还会走在
同一条路上
曾经我与我的同桌
在同一个鞋店
买了同一个款式的
两双鞋子
他穿了其中的一双
他把自己
走丢了
他叫谢卫国
三十多年过去
不知道现在
他走在哪里

2015. 1. 17

拉姆拉措湖

十月
拉姆拉措湖
已下起大雪
他们从武汉　从成都　从南京
来到拉姆拉措湖
之前他们并不相识
从半山腰
开始结伴而行
他们说
在拉姆拉措湖
不要高声说话
他们说
海拔 5500 米
他们爬上来
只是想　在湖边　安静地
站一会
拉姆拉措湖
像被晴天洗过
那么蓝
像被阴天洗过
那么忧郁

2015. 1. 15

推门声

我在门内
坐着
听见推门声
就像有人
已握住
门把手
即将推门而入

我在门外
坐着
听见推门声
就像有人
已握住
门把手
即将开门而出

这两件事
头一件
发生在今天早上
另一件
发生在昨天晚上

2015.2.6

每一步行走都是在游泳

从水中看过去
路上全是
倒着走路的人
三三两两
水总是
能让他们
慢下来
他们在水中
走路的样子
像是慢镜头
回放
步子不再连贯
甚至身体
在波纹中
也不那么连贯
高一下
低一下
路上的他
在走路
水中的他
在游泳

2015.4.2

清净心

睡莲睡在水上
你若认真观看
它愿意
在你面前张开
五片花瓣
是一只手
十片花瓣
是一双手
荷花开在不远处
荷花总是开在空中
你若是也在空中
你会随着它们摇曳
有时粉　有时红
有时白

2015.4.9

显　影

那时我还在雾中
头发的黑
肌肤的白
田野和山峦
在一张纸上灰着
像倒影
我从一条河的尽头
撑船往外走
河的尽头
总是白茫茫一片
竹篙很长
但仍撑不到水底

2015. 4. 26

画　符

画符人
先画自己的脸
圈圈　叉叉　圈圈
他光着膀子
站在稻场的中央
圈圈　叉叉　圈圈

以天空为纸
以薪柴为笔
他对着的
是那即将远去的
即将到来的孤魂

天空由浅蓝入深蓝
远山冰冷如铁

2015.10.2

白云压在头顶

关于来世
你可以去问
强巴佛
每一道岔口
都可以是卡若拉山口
关于过去
你可以去问
灯芯树
是什么样的力量
让一株草
长成一棵树
在布达拉宫
每一级台阶都通往高处
它的最底层
却是一座监狱
在羊卓雍湖
唯一的一头黑牦牛
曲着脖子，闭着眼睛
它躺在斜坡上
像是在拒绝
这白云的白，这湖水的绿
也像是抗拒着
随时可能发生的牵引

2015.10.7

镜子外面是虚空

群山之间
这湖泊
大小刚刚好
刚刚可以容下
一片云
透过波音 737 舷窗
往下看
一滴泪水凝在手心
像宝石
群山之巅
这白云
大小刚刚好
刚刚可以
挡住你的脸
你在云中
得自在
他在天边
任流年

2015.10.5

IV　安静的悲喜

如果沿着一棵树的疤痕

如果沿着一棵树的疤痕
进入到树的体内
他是否会成为
永久黑暗中的汁液
仅凭嗅觉和触觉
就可以畅游
从树干到枝叶
再到每一缕根须
他也是可以看的吧
他的看不依赖他的眼睛
——他看见了啊
他看见叶子和脉象
通体透明
在树的体内他裹着温柔的胎衣
那个记忆中一直沉默的人
已成为自由的舞者
身动　心动
不再留下阴影

2010.9.5

哑　叔

哑叔其实不哑
哑叔只是不说话
哑叔自从
成为哑叔之后
只说两个字
“啊”或者“呀”
哑叔说“啊”
音短而急促
就好像是
冷不丁地
被拍打了后背
他说这个“啊”
总会不由自主
把脖子缩紧
哑叔说“呀”
同样是
音短而急促
但总的来说
比说“啊”时
放松许多
就好像一扇木门
在午夜
被一阵风推开

2013.1.12

安静的悲喜

天空是仁慈的
在它就要离去的那一刻
降下雨水

苦楝树是仁慈的
在它已不能喝下下一瓢水时
折断悬挂著它的那根手臂

火钳是仁慈的
撬它的嘴
仅仅碰碎它的两颗牙齿

绳索是仁慈的
它勒着它的脖子
避免了长长的哀鸣与叹息

2011.12.15

江河水

蝙蝠撑开翅膀
悬浮在空中
落日也是
它比蛋黄羞涩
停在对面的楼顶上
一脸无辜的暧昧
长者须发皆白
他坐在至尊酒店的台阶上
拉二胡。马路对面
是曾经的建材市场
我在那儿买过两把锁、一扇门
或许就在昨天
它已被夷为平地
此刻，我站在天桥上
往东是来路
往西是归路
嘈杂车流的间隙
我听到江河水
它嗓音嘶哑
像是要冲向高处
又像是
要转身离开

2013. 4. 6

姐　姐

以前祭奠姐姐
只在母亲的坟边画一个圈
在圈里烧纸

今年清明，姐姐终于有了
一座自己的坟
碑文上写着
“张良珍
生于一九五四
卒于一九六六”

这些文字很具体
但我的记忆，很模糊
比如说
当年的饥荒
死过多少人
没死的，是不是
漫山遍野，挖着草根

（草根是不是
从那个时候
就注定会成为
了不起的
一个词
那么大的一个祖国
会长那么多的草根）

姐姐的坟，却是一座空冢

这么多年了

姐姐早已转世

她的身体早已变成泥土

它上面，种的是荞麦

也可能会是玉米

2013.4.4 初稿，4.17 修改

男中音

整个下午
他们都在谈论
一部有关狮子
与死亡的电影

他们开始谈论狮子
有人敲门
进来的是男中音
男中音表情
很严肃，甚至看起来
有些沉痛
他找到那把靠墙的椅子
坐下了

接着他们谈到了死亡
谈到了时局
当他们谈到
随时可能到来的战争
一只杯子落下来
眼见着
就要碎满一地

——而那把靠墙的椅子
却是空着的
他们的男中音
早在两年前的那个春天
就已离去

2013.1.23

飞鸟和鱼

全城都在跳骑马舞
年轻的维修工
骑在两根平行的高压线上
环城公路上
公路赛
与以马为名的越野车
比拼加速度
零星散落在旷野的是
几只斑鸠
几只鹈鹕
几只柳莺
还有几只似已腐朽
它们是趁着夜色
翻身上岸的飞鱼
想那飞鱼
曾经也有美丽的一跃
她们还不懂得高处的事物
但这并不能阻止
她们在明月之下张开翅膀

21012.12.9

电子书

触屏
触摸到
一个“有”字
这一页
他正好要翻过去
触摸到一个
“天”字
这正好是
一句话的开头
触摸到“山”
山外人声鼎沸
触摸到“水”
“水”的后面
还跟着
很多的“水”
“水蜜桃”
“水中仙”
“水性杨花”
“上善若水”
“未来水世界”
“从水里面来的人”
触摸到“石头”
城南的石头
拴马
城北的石头
磨刀

还有一块石头

看不见

摸不着

藏在深宫里

2013.1.24

疼　痛

去年冬天
我曾想为疼痛
写一首诗
可那个时候
我正在痛中
今年冬天
我想为去年的疼痛
写一首诗
可我又觉得
疼痛本是常见病
痛过的地方
不必让它
再疼一次

2013.1.12

满天星

三个人　一个向左　一个向右
另一个站在原地　左边的一直
向左他就到了右边　右边的一直
向右他就到了左边
站在原地的　并不是一直站着
他偶尔躺下　偶尔跳起
不远处的青蛙抓到一只萤火虫
背后的池塘映着满天星

2013.5.6

他

黑暗没有体温
水中的月亮
不可能沉入水底
打捞者首先
可能是漂浮者
之后会变成怀乡者
耳语者　心绞痛者
如果回到正月
他在我们前面走
如果回到六月
大雨之夜
你我各自坐在家中

2013.6.23

墙

早上九点
开始翻蛇年的
一堵墙
看见一对人马
呼啦啦
过去了

蛇年
我的本命年
也是老张的
也是老王的
也是老余的
老张留有一头
狮子样的长发
那年春天
他隐身于
一所没有围墙的大学
山坡下
窗外漆黑一片

晚上八点
开始翻马年的
一堵墙
看见一位邮差
把一摞旧报纸
码放得整整齐齐

旁边是卖面的

再旁边是卖粉的

炸臭干子的

有的人

一直在街上

指指点点

有的人

从一块干子中

嗅到旧王朝的气息

2014.2.16

枪

隔壁三叔有一把枪
他把枪　藏在床底下　房梁上　或是米缸里
有人在深夜见过这把枪
三叔在屋顶　开步　推掌　白鹤般亮翅
他的枪　挂在裤腰上
没有人知道　三叔这把枪　是哪里来的
没有人知道　三叔这把枪　是否是一把真枪
但人人都知道　三叔真的有一把枪
人人都在等待　哪一年　哪一月　哪一天
三叔有个理由　像亮剑那样亮出他的枪
像个真正的英雄那样　威武地开上那么一枪
我的整个童年　也一直这样
在恐惧中有着期盼

2014.6.15

两只喇叭

两只喇叭
一左一右
站在窗台上
同样的浅灰色
同样罩着
深灰色面具
多少年了
他们陪着我
从一个房间
到另一个房间里

偶尔
我会把他们
比作孪生兄弟
右边的那个
额头上
有两道抓痕
左边的
一脸顽皮

两只喇叭
一左一右
站在窗台上
左边的
唱男高音
右边的

唱男低音
他们在空气中
碰撞　纠缠　成为一个整体
坠落时他们是一致的
上升时
也是在一起

我随着他们的声音
上上下下
我的窗户
紧闭着
因此我上升的高度
不超过屋顶

某天早上
我被顶在天花板上
下不来了
我听见
左边的那个
尖锐　高亢
——他要向上
他还要向上
而右边的那个
不知何时
已沉默不语

2014.1.1

恍　惚

草原的腹地
有一栋空房子
泥巴做的房子
没有屋顶
骑马的回民我们叫他马哥
他在我们身边
左比画　右比画——
“这里是护城河　那里有一口井”
繁华如春梦
井口般大小的石头
曾经支撑着门柱
磨盘还在——
一片在山下　沾满尘土
一片在山上　等待着下一阵风
自由地出入

2014. 9. 12

怎么飞

想飞的冲动
来自一次偶遇
手与翅膀
都是力气活
上上下下
关键是怎么张开
怎么合拢
他见过蜻蜓
脚尖踩着流水
他见过乌鸦
第十二只总在等待
第十三只
他见过秃鹫
冲天一飞
嘴尖触碰到
戛然而止处的
极乐

2014.11.12

摇一摇

摇一摇　就是　摇一摇
河水荡漾　苦楝树开白花　杨树触碰到李树　一瞬间又分开

天空是灰色的　鹧鸪　灰喜鹊　屈从于
你我都已熟悉的旋律　在一阵风中　摇一摇

摇一摇　就是　摇一摇
闹钟在六时三刻准点把我叫醒

晃荡的人总是走在前边　后边走着一群更晃荡的
如果是在空中　如果向更空的地方飞行

一次侧身或者一次旋转　是否就到了时间的背后
昨天是昨天的　昨天是个阴天　下着毛毛雨

摇一摇　就是　摇一摇
清晨　不适合忆旧　不适合翻开尘封已久的相集

那时你十一岁　我八岁
现在我四十八岁　你还是十一岁

四十年　时间是一枚放大器
你在凹面看我　我在凸面看你

我的前半生　有时像个书生　有时像个暴君
屋后的老槐树有一道伤口此刻正好适合聆听

摇一摇　就是　摇一摇
河水来到我的杯子里

我的父亲　他曾经是个搬运工
他把我们全家　从城里搬到乡下　又从乡下搬到城里

那一年　河水被抽干了
父亲捕到一条白鳝　我捉到一只乌龟

乌龟在稻场中间爬两步　退两步　它的背上
背着一块石头　它的头只是偶尔才会伸出来　却同样是木讷的　孤独的

我和我的同伴在晒谷场上追逐着那条白鳝
白鳝似乎更适合在谷粒上游走　我们跑着跑着就摔倒了

白鳝游着游着就游进暮色里
晒谷场很大　天边其实并不遥远　迎面飞来的第一个飞行物是蜻蜓

摇一摇　就是　摇一摇
纤维素　叶绿素　矿物质　蛋白质　维他命 ABC

一棵树在河边自由生长
它结的果实落到地上　生长出另一棵树

一只蝉在地底下生活十七年　只为能爬到树上
完成最后的蜕变　尽管留给它鸣叫的时间只有七天

第七天　可以用来祷告

第七天　死亡与复活在同一刻来临

他在树下拉着老父亲的手
冰凉拍打着冰凉的河水

摇一摇　就是　摇一摇
在梦中　我在飞　我总是在梦中不停地飞

我没到过的地方　我就要到达的地方
童年的我总是代替现在的我一直往前飞

以前　每一口池塘都是游泳池
每一只萤火虫都可以引领着我通向前世

前世　我曾经是川上鸟　曾经是湖中鱼
曾经的一块石头　在尘世中一觉睡过一千年

曾经的你匍匐在山上　此刻依然停留在山上
唵—嘛—呢—叭—咪—吽

2014.8

红色还是蓝色

电视上　斧头帮帮主在追赶
道路的尽头是一面红色的墙壁
他跑得太快了来不及停下脚步
他的头撞在了墙上斧头在墙上砸出一个洞

我有一面墙也是红色的　上面也有一个洞
我曾趴在这个洞口
看见我的兄长们带着一群人去与另一群人打架
他们打架因为打架也是生活的一部分

我从洞口也看见过走过的另外的一个人群
他们是蓝色的
头发是蓝色的　衣服是蓝色的
月光下他们一脸虔诚的笑容也是蓝色的

2010.8.26

在石头上坐了一整夜

抱着一块石头
他在快捷地奔跑
“云来了——阴来了——”
炎热夏日的午后
田野之上
一团黑色的云
用阴凉护佑
劳动着的乡亲
他喊呀，叫呀
“云来了——阴来了——”
到后来
他抱着的石头慢慢变大了
他的奔跑也慢了
到他不再奔跑的时候
他已被石头包围
他坐在石头之上看天空
那团轻柔的、黑色的云
再也没来过

2011.1.11

蝴　蝶

我的蝴蝶已隐逸在一段旧时光里
她有浅蓝色的翅膀她有深褐色的

触须　那年冬天我再一次见到她
她不再飞了　她住到一只盒子里

透明盒子里她把翅膀张得开开的
没有迹象表明　她是一位受难者

仿佛捕捉窒息针刺都出自她本意
仿佛好的飞翔本就在透明盒子里

2011.12.13

蜘　蛛

亮瓦下的蜘蛛
在玩蹦极的游戏
第一下　它蹦到了半空
如国家大马戏团
优雅的女子
伸腿　缩腿
微笑着旋转
鞠躬　再鞠躬　敬礼
第二下　它就快要
触及地面
慌乱的飞蛾
失去矜持的蜻蜓
瓢虫　还有苍蝇
它们扑闪着
向着黑暗的最深处逃离
第三下　它蹦到了地面
它只用脚在地上轻轻点了一下
便开始爬行
从亮瓦上洒下的光如追光灯
穿过国家大剧院穹顶
它醉酒般兴奋
它爬过的地方留下浓重的阴影
而它所编织的那张网
从空中垂下来
晶莹如透明的旗帜
它爬到哪里
这张网便跟随到哪里

2011.3.22

传说中就要回来

大舅一九四八年出了远门
那是一个传说中兵荒马乱的年代
大舅做过船员　他可能去了遥远的
太平洋或者大西洋
大舅被抓过壮丁　他可能正生活在
并不遥远的那个小岛
大舅出远门时正血气方刚
也爱拈花惹草　所以啊
大舅的出远门也可能只是一场私奔
而最苦的人　是我那可怜的大舅母
整整三十年　她总在对自己说
他会平安的　他会回来的
整整三十年　她守活寡
她在汉阳归元寺对面的
那间小屋子里　吃斋　念佛
从黑发到白发
一九七八年的那个冬天
大舅母也出远门了
她是在一个清朗的夜晚出远门的
曾经也是相亲相敬的两个人
尘世中的一对夫妻
他们一前一后出远门了
他们没有留下一儿半女
这世间　也不再有
任何有关他们的消息

2007.6.30

悬在塔吊上的人

春天就要到了我在高架公路上穿行
一点点雾霭。三五只麻雀。纠缠不清的电缆线。
路障。洒水车。警车。官车。私车。清障车。救护车。
填满了整个墙面的广告牌
奇怪地写着“哪里不是那里，那里在你头顶”
头顶有信号灯，红中等待着绿
头顶有塔吊，一天增高一米
塔吊上的人兴许是累了，他吐出今天的第一个烟圈
烟圈很圆，烟圈挤出窗玻璃消失在更高处

2012.1.28

帷　幔

蝙蝠　夕光中的蜻蜓
游弋于边界的飞行

划出一道口子
回归到黑暗的中心

她用一张旧报纸反复擦洗
玻璃上的小圆点仿佛胎记

仿佛一块石头的涅槃
烈火中的疼痛　它还记得

木凳子上盘腿而坐的我
玻璃窗外劳碌而又无助的你

2012.4.7

电线杆上的两个男人

电线杆上的两个男人
一个在稻田的东侧
一个已到巡司河的对岸

稻田东侧的那个男人
戴着安全帽
硕大的鼻梁上架着一副深色眼镜

河对岸的那个男人
个头小一些
肤黑　牙白　赤着胳膊

两个男人各自从荷包里
掏出
白色的瓷葫芦

戴深色眼镜的那个男人
烟叼起
白色的瓷葫芦从左手把玩到右手

光胳膊的那个男人
拿尺子左比画　右比画　摸出螺钉
把白色的瓷葫芦钉在了木十字架子上

2012.7.6

弹琴者

河水在喧闹的蝉声中练倒立
他从最南端的天坛座腾空而起
穿越天蝎、人马、心宿
在天鹅、天津、天琴的交会之处
前空翻　转体 180°　侧翻　360° 大回环
他的手在空中划过一道弧线
他的身体在水中激起浪花点点
这些浪花
洒向金牛、白羊，洒向飞马、双鱼
洒向挑着担子的农夫牛郎
牛郎此刻想必已经很老了
他的白发
如果在空中飞舞
是否可以照亮
这已暗淡多年的银河

2012.8.6

吹　风

岳麓山，我没有去爬
爬过的人回来说
沿途都是大大小小的
坟

岳麓书院，我去过两次
后院的树上
钉着一个牌子

“树名：枫香
科属：金缕梅科枫香属
树龄：100 年”

一百年，山不再
增高。庙堂止步于
它自身的阴影

只是在想象中，我爬过
这株树。它一只手悬在半空
另一只手抚摸着
屋檐上的琉璃

2012. 5. 16

十八年来我不曾有过母亲

那是在早晨
十八年前的六月十日
母亲敲开我宿舍的门
母亲只说了一句
“跟我回去吧”
声音很轻
我的眼泪就流了下来

母亲啊　你是怎么来的
从乡下坐长途车到武汉
改乘公汽 61 路
经长江大桥到阅马场
步行到江边
坐 16 路经积玉桥、文化宫、三层楼
到宝积庵
穿过那条狭长的小巷子
穿过那些拥挤的人流和小贩们的吆喝声
进湖大
到行政楼左拐
经物理楼到新教学楼右拐
到文史楼左拐往前到路的尽头右拐
前行 50 米左拐
便是 3 栋
3 栋 401，一级级台阶你爬上来
敲开 401 的门

那时我还躺在床上
我在噩梦中纠缠了一整夜
气若游丝
我的头发已三个月没理了
潦草地披在肩上
我如同一个在一夜之间老去的孩子
脸上已有了皱纹
母亲进来了
母亲只轻轻地说了一句
“跟我回去吧”
我的眼泪就流了下来

我与母亲一起生活了三天
在乡下
我帮母亲摘菜　打猪草
挑水　洗衣服
在田间，我见到的是忙碌的乡亲
他们爽朗的笑声
甚至可以感染路边的芦苇
（而我正像是那路边的芦苇
风吹过了
吹掉满头的碎屑）

我与母亲一起打扫庭院
在门前的稻场上洒水
竹床边
母亲给我扇扇子
我看着天空
想起母亲讲过的那些故事
古老的故事，我愿意
母亲再次为我讲起

这一切，现在看来
更像是一个遥远的梦
一个我再也抓不到的梦
那年冬天，十二月八日
母亲离我而去
而我，她的幺儿子
不在她的身边

2007.12.8

V　掌上之旅

谁是张堪布

我有过许多的曾用名
每个名字都是我路边的小镇
饮一杯小酒
列车继续往前开
那年三月
我见到一个没有名字的人
他从水中出来的模样
怎么看怎么都像
我的亲人
今年七月
在夏日塔拉皇城草原
我再一次见到他
他偶尔和一群老鹰在一起
向低空盘旋
他偶尔和一群野牦牛在一起
一眨眼就消失在
那道山谷

2013.9.19

过汉江

撑篙　摇橹
过汉江的人
已不是黄发垂髫的少年
他们看见飞鸟
摊开翼翅
停在江水的上空
整整一个时辰
他们没见过它们的翅膀
动过一下
那飞鸟
个头不大
有的　高一点
有的　低一点
不鸣叫
羽毛全是黑色的

2008.3.8

敕勒川

“敕勒川，阴山下”
儿童清脆的嗓音
在晨光中传送
“天似穹庐，笼盖四野”
当他在内心念诵此句
帝王大厦的电梯
已把他送至屋顶

2008. 3. 15

如

那女子已到了水边
她轻解衣衫
露出洁白的胴体
那是在月光下
在时光的深处
那女子站在水边
水中映出她洁白的胴体
没有人能看清她的面容
她的长发
被轻轻吹起

2008.6.8

车（一）

1

从小区大门走出的那一刻
他看见那个驼背的人肩膀上站着的是飞鸟

2

车窗内的人在谈论前世

有谁会知道
他们为什么会在一大清早谈论前世

3

树下坐着的两个人在下棋
其中的一个每下一步就要回过头看一下
他总是觉得帮他下棋的是另外的一个人

4

车窗内的人在车窗内张着大嘴巴

有那么一刻
那车如雨中的蚯蚓向着一条蜿蜒着的泥路滑过去

5

那一年　车过咸宁
一个把头发染得很红的女子挤呀挤的
挤到他的身边就坐到了他的位子上

6

靠在窗户边
他忍不住就会想念记忆中与咸宁有关的几个人
那天　他进了温泉
他分明看见
他们光着膀子一起进的温泉

7

月光下　他看不清她的脸
他看着她的眼睛就看不清她的脸

8

她的想法真的是离奇啊
她想要一间房子
她想要一间建筑在热气球上的房子
她想要一间可以和自己一道旅行的房子

9

树下坐着的两个人
在下一盘没完没了的棋

2009.7

车（二）

1

车在路上用它的光画直线
车在路上用它的身体把它画出的直线收回去

2

我在河边看到一个打坐的人

我从顶层阳台到街心花园
到河边
我看到一抹月光下打坐的那个人

3

月光孤寂的白中隐匿着一抹难以辨认的黄

4

开过来的是油罐车
戴橘红色贝壳帽　手拿红色输油管
加油站的那个戴着白手套的男子
多么像动画片中拯救外星球的英雄啊

5

开过来的是油罐车
在巨大的轰鸣声中一个节日就要来临

6

我站在河堤上　像是站在门槛上
向外望　河水汤汤　河水汤汤
向内望　道路之上还有道路　道路连着广场

7

在节日到来之前　我想象过节日的广场
他们蒙着脸变身为马　为狸　为刍狗　为鱼
他们循着一缕气息
触摸　吞噬其中所熟悉的部分

8

他把自己关在车里
即便此刻这车变身为他想象中的飞鸟
也不能阻止他由来已久的哭泣

9

车在路上趴着
从城内到城外　一辆挨着一辆趴着
月光在河流中安静极了

2009.8

车（三）

1

车过华北　平原上立着的高压线的铁架子
拖着长长的辫子
在高粱地的上空排成方队　仿佛童话生命
外太空生命　已成新自然的一部分

2

车窗外的人拿着铁喇叭　他要吹一支曲子
可他吹出的却是机车的轰鸣

3

在大悟　她说似一支烟还不如是一阵烟
在新乡　他到上铺玩搬运工的游戏
在邢台　一前一后　两个人走进餐车里
在保定　昨夜刚认识的小伙子蹲在过道的两边抽泣

4

“我不是邯郸王子
我只在雨夜穿过玫红色的风衣
我不只是已听见不只是已看见
红　漫天的红我已不能呼吸”

5

红　漫天的红
饕餮中听到呻吟
他的脸扭曲了　他说不是我在幻听
是树在幻听

6

预言　方术　泥途上徘徊的怀乡病

而此刻时间是快的　它在涡轮上旋转
一年快过世纪

7

它爬到了土坡上　它钻进了涵洞里
一只异能兽同样张着两只翅膀
它的眼睛红了　它的喘息听起来就像是他们在喘息

8

她的夜晚穿上了机甲　钉上了铁钉
她有许多的镜子
她说有再多的镜子也拼不成一面镜子

9

那人从餐车里回来了　他的背后
拖着一条长长的尾巴　他说你们看啊
它的上面坐着两个长得一模一样的精灵

2011.3

车（四）

1

一双鞋在台阶上敲出的声音清脆
而又急促，这是匆忙中下台阶的声音

2

上台阶的人，匍匐着身体
他不只是用脚
他在学会把整个身体当脚之前，学会了安静

3

落日用它的余晖把城市的轮廓涂抹得像是几个巨人牵着一
　大群孩子

4

那时我还在咿呀学语
睡梦中的陀螺从高处到了低处

漫天的烟尘夹杂着槐香味、爆米花味
夹杂着仿佛从天而降的暴烈的神祇

5

我的父亲戴着大红花，神气得像个新郎官
茶色玻璃后面的小圆点在车厢内抖动了一下

又抖动了一下。一双手忙碌着，滑向夜的深处

6

多年前我已到达过这个小站
恍若隔世的苍鹭去了又来了
它们在各自的树尖上站立

7

她以为她是站在舞台的中央了
她空着手，却像是正怀抱着什么在怀中战栗
她说：到了，还听得见吗？到了

8

昨夜我在往下落，我不是抓着一根绳子
往下落，不是坐着一张飞毯往下落

我看见我生活的城市脸是透明的
骨骼是透明的，手是涂满油彩的
那些终于安静下来的道路是无辜的。它们相互缠绕
如同是在这短暂的一刻可以相互抚慰的手臂

9

江上，红嘴巴的鸽子扑闪着向着一枚划向江心的石子追过去

2012.2

黄鹤边长大的孩子

读黄鹤　写黄鹤　画黄鹤
黄鹤边长大的孩子
从来不曾见过黄鹤
他在江边徘徊，游走
他在江边
染上了忧郁
纵有万千疼爱
抵挡不了他失魂的落寞
纵有万贯家私
治不了他的偏头疼
他瘦弱的身躯迷上烟花
迷上隔岸的灯火
放风筝的季节
他爬上江边那幢空洞的楼阁
朝江里面扔东西
我的母亲说
从江边回来的人都在说
他先是扔身上所戴的、荷包里所装的
之后他扔他身上所穿的
当他赤条条站在风中的时候
他已扔掉
眼镜　钢笔　怀表　项链　锦袋　佩玉
以及在空中画出呜咽着的灿烂弧线的
一枚又一枚金币

2009.3.16

手　语

那孩子站在
二楼窗玻璃边
她伸出的两根大拇指
抵在一起
像两个亲密的额头
彼此用力　用力
她的手拍拍脸
指指鼻子
揪揪耳朵
再在空中画一道道弧线
再合拢
再放到肩头
像一只鸟
飞到她的脖子边
歇息
那孩子站在
二楼窗玻璃边
玻璃中是舞动着的暗影
像一张张
正在显影的照片
灰灰的
张开的嘴巴
发不出声音
那孩子望着窗外
窗外的雨
又细又密

2009. 4. 21

窗外，有人在唱歌

窗外，有人在唱歌
他们唱欢歌
有时也唱悲歌
他们的歌声
献给那个已去了天国的人

那位老太婆
前天还去了自由市场
她破天荒地为自己
订做了一整套新衣服
一顶帽子还有一双鞋子
回来的路上
她提着一把白菜
半斤鸡蛋、一小碟花生米
她逢人便打招呼
脸上的笑容是好看的

——没有人知道
她已准确预知
自己的归期

2007.12.12

站在长江大桥上画风景

公汽 710
翻过阅马场背后的那个山坡
上引桥到桥头堡
停了一下

在公汽 710
停顿的那个间隙
我见到一位少年
在一点点细雨中
画着风景

他面向我生活的那个城区
而我只能看到
画布上的一抹绿以及挡着画布的
他的背影

公汽 710 继续往前
它的后视镜中
出现少年的背影
细雨打在玻璃上
玻璃中的身影在雨水中
如宣纸中的笔触
蔓延开去

2007.12.12

两个人

第一个人
他还在病中
他患的是抑郁症、癔语症
他还患有恐高症
站在阳台上他在担心
他担心会有更多的人
会从屋顶飞下来

扰人的秋风还在吹
他的思绪在风中是跳跃的
它们时而是落叶时而
是树上的果实时而
又会变成秋风裹挟着的另一缕秋风
“吹吧！吹吧。这样或许会更干净”
这是他站在街头的癔语
整条街道只有他一个人

整条街道只有他一个人
这其实也只是他的另一种癔语
街道上至少还有另一个人
他竖起衣领裹紧风衣
只露出漆黑的眼睛
他从墙角拐了一个弯
走到他的身边
停下来

又或者

这另一个人

始终跟随在他的身后

他如同他的影子

他时刻准备拉住他的衣服或者

从身后把他抱紧

2007.12.23

地　道

那人说
他要挖一条地道
从他的房间里挖出去
穿过窗外的草坪
通过地道他要站到那个一直在窗外窥探自己的人的身后去

那人所说的这句话穿过时间隧道传到他耳中已是多年之后
他所生活的这个城市正在江底挖一条地道
地道连通江南江北
越来越多的人会在这地道中度过他们的一部分时光
越来越多的人会穿过地道
穿过城市的中心
在他的身后探出他们的头

2007.12.24

虫　子

终是要放下的
“冬至日　蚯蚓结”
水在收缩
在河流中更低

终是要被看见的
玻璃　玻璃
水做的玻璃
隔着一层又一层的

玻璃　他更像是
一只虫子
一只被关在水中的
虫子　一只被关在水中
消失在水中的虫子

2008.1.3

可以是一滴水

可以是一滴水
杯子中的一滴水
可以被放置到
阳光下
可以在阳光下
升高自己的体温
可以从杯子中
消失　进入到
杯子的里面或
杯子的外面的
空气中
这空气　不因为
这滴水的加入
留出一个间隙
这空气　不因为
这滴水的加入
而更加透明

2008. 1. 12

窗　外

那女子出了家门
她身后的窗台上正开着迎春花
她眼前的空气中
正飞舞着漫天大雪
她在雪地里跑
她摔倒了
她爬起，她接着在雪地里跑
树木、房子、路、路边摇着尾巴的小狗
都在用雪花装扮着自己
都在她的奔跑中向她的身后退去
她翻过一道土坡了
她穿过一片树林了
她到了人群中
她如烟的气息消融在这人群的气息中
她挤上公汽了
公汽开了
她望着窗外
窗外有一位女子在雪地里奔跑
她更像是在与那些雪花一起飞舞
窗外的女子
眼睛穿过雪花
她看见窗内
那双正在注视着自己的眼睛

2008.1.25

那一年我们去爬峨眉山

那一年我们去爬峨眉山
途中遇到
两位来历不明的女子
从乐山大佛的脚底下
她们就一直跟着我们

她们一直跟着我们
给我们吃
我们叫不出名的果子
与我们一道
喝采自峨眉的绿茶
山中有四季
山脚还是艳阳天
山腰已下起连绵的苦雨
爬上山头我们以为就能看到金顶了
可脚底却是万丈的深谷
我们爬上一个个山头
又下过一道道山谷
底部就是这样一步步
缓慢地抬高

我们几近用完所有的力气
在我们面前立着的却是
“九十九道拐”
——曲曲折折的栈道
垂直向上望不到尽头

两位女子温柔地笑着
她们伸出的手拉着我们的手
她们并不言语

我们手牵着手
爬上“九十九道拐”
天就黑了下来
我们在山中客舍歇息
女子说
美美地睡上一觉吧
早上到山顶能看到佛光的
两位女子浅浅地一笑
便从我们眼前消失

此后，我们再也没能见到
这两位美丽的女子
多年以后
我只记得山中客舍
木板床上
所做的美梦
——梦中人手如凝脂
至今留有余香

2008.1.23

掌上之旅

为什么我一直
只是在掌上行走
昨天是在西掌
今天是在百花掌
祁连山脉绵延千里
如同一个个大大小小的牦牛
弯曲着脊背，将我围困
那些我叫不出名字的野花
是白色的，偶尔
也会是红色的
它们沿着那些深深浅浅的
沟壑，开满
我的整个手心

2013.9.19

突如其来的一场雨

要不是突如其来的一场雨
我就不会遇见阿欣
来自沈阳的阿欣

阿欣坐在靠近窗玻璃的一把赭红色的椅子上
阿欣玩扑克
阿欣偶尔会对走到他身边并坐下的人说抽一张吧抽一张
我便能告诉你不可知的事情

Q 代表曾经的或者将来的困局
K 代表雄心、意志和勇气
J 代表道路但对大多数人来说它只是弯路
A 离王位很近么
A 看起来更像是匕首
图穷匕首见的匕首暗藏杀机

阿欣在用一只手抚摸另一只手
他眼神里的黑暗隐藏着足够的智慧么
我站在窗外
连绵的雨还没有停息

2008.9.3

镜　子

两个人
一个坐在镜子外
一个坐在镜子里

镜子外的人
说话
镜子里的人做口型

镜子外的人抽烟
烟雾缭绕
挡住镜子里的眼

镜子里的人
拿右脸贴
镜子外的左脸

镜子外的人
用左手拍
镜子里的右肩

镜子里的人
看见
镜子外的人转身

只是背影
巨大的背影
把一面镜子填满

2008.9.18

黑　暗

一本书
被搁置在黑暗里
风吹它

风吹他
他的头发乱了
他的衣服乱了
他是从这书中走出的一道黑影
他的忧郁被复制
他的不得要领的狂躁与叛逆
被复制

而有人站在门内
叹息
执着于白与黑二或一
梦寐可以流传很久
梦寐从湖边已爬上了
屋顶

而一本书
自有一本书的秩序
就像一个旁观者
站在黑暗的中心

2008. 12. 22

门

打开第一扇门
见到的是抱在一起的
一个男人和一个女人

打开第二扇门
见到的是抱在一起的
一个男人和另一个男人

打开第三扇门
见到的是一盏灯
唯一的一盏灯悬挂在屋顶

2009.1.2

玩　偶（一）

时间在进入瞳孔的那一刻
开始弯曲。虚症。又像是

过于泛滥的一个词。毁了
就是落下了，就像在春天

下的一场大雪，覆盖了
温存了。融化了。空无一物

2005. 5. 20

玩　偶（二）

仿佛他可以在树上
生活。记忆的嘴唇

不合时宜地张开
他的眼睛是蓝的

躯干是绿的。他的心脏——
他有心脏，可没有人

触到过他的脉搏
深夜。他总是在

深夜，在我们的睡眠中
玩复活的游戏。他抖动

正在变硬的躯体。他舞动
招牌式的风衣

他站在村口，仿佛他
本就应该在那里站立

2004.9.3

波斯菊与女孩

过了今晚，她说，过了
今晚。我将在空气中游走
我已活过大半辈子啦
经历过太多的惊悚
与游魂

这是什么？
低沉的男中音
还在空气中缠绕
仿佛空锤
午夜的沙漏
弄响空空的四壁

过了今晚，她说
过了今晚，盛开的
就要枯萎
这些藤蔓
青的、黄的、红的
如同暗喻
如同谜

要经过，就经过这道
门槛。它的上面
流过一滴血
要挑选，就挑选这张
床。它的上面

印证过窘迫与羞赧
要张开，就张开
这扇窗。可要是张开
可能就来不及关上
我计算过
游走在帷幔的萤火
伤心的姐妹，从天上
跌落到凡尘

不许哭，不要再说
丧气的话语
不要在梦魇的边缘
喊我的名字
这不是你要的午夜甘露
早已过善于羞怯的豆蔻华年

2004.4.21

西塞山

石头
从天上落下来
平静的江水并不为之倒流
她至多
打一个寒颤
至多有一丝的哽咽
这是七月十七日的傍晚
在黄石船码头
我坐在浩子、沙子的对面
喝小酒，望着江中的那块石头
喉结轻轻地
动了一下

2006.7.20

闯进来的是一头怪兽

闯进来的
是一只怪兽
她的手中
拿着的
只是一把梳子
她说
春天好梳头
夏天好瘦身
秋天好更衣
冬天好还乡

2006.9.3

大　象

有人牵了一匹大象
在雨后的大街上行走
这是一匹金黄色的大象
身高 9.2 尺
大腿直径 1.5 米
时速 1.6 公里
大象的身边
跟随着许许多多的人
大象的身边
跟随着越来越多的人
他们的手是相互牵着的
他们的脸已被照成
金黄色

20006.10

洒满一地

正午，那人
走进人群
他说
我有一个疑问
——“我是谁”

阳光很好
因为正值正午
人群中的每一个笑容很好
因为正值正午
他感觉到
他的头有些发热
他感觉到
阳光中的一束
很刺眼
他闭上眼睛
双手不由自主
提起自己的衣领
他不由自主地往前走
人群为他闪开一条路
他就沿着这条路
走了出去
如同在地球上
某片丛林中
划出一道弧线

当他终于可以转身

终于可以

沿原路返回的时候

他是笑着的

他说

从今往后

如果谁要发出

相同的疑问

那一定要等到正午

等到阳光

洒满一地

2006.11.23

我本来是要到暹罗国去的

我本来是要到暹罗国去的
天还没大亮
我和尤惜阴居士
从温州赶往上海
又一日
天还没大亮
我和尤惜阴居士
已赶到上海的码头
从上海到暹罗
是要经过厦门的
世事难料
这竟成了我与厦门的
因缘

我本来是要到暹罗国去的
可我不得不在厦门停留
厦门有陈敬贤居士
他留我在楼上吃茶
厦门有性愿法师、芝峰法师
他们来自南普陀寺
我们未曾谋面
可我们有着相同的灵感道理
仿佛我们前世本是兄弟
心相通
神相契

我本来是要到暹罗国去的

可是我的心已留在了厦门
厦门有闽南佛学院
学院有几十位弟子
他们都有着难得的根性与虔笃
那一夜
我在学舍前的大树下站立
我看见
各房间灯火有大光明
诵读之声朗朗入耳
有如天籁
早已好过我的那首
在尘世广为传诵的
长亭、古道、夕阳山外山

我本来是要到暹罗国去的
可是我的身体却留在了厦门
在草庵
我有几个月
卧床不起
疼痛连着疼痛
疼痛连着心
疼痛让我发大惭愧啊
原来我是如此的
德薄孽重

我本来是要到暹罗国去的
沧浪之水
我已喝下一半
另一半
阻断我的行程

2006.12.17

VI　失去的语言

失去的语言

红鸟
在村庄的最高处
它在歌

那位开蓝花的少年
迷失在歌里
他听着高处
他在走

狗叫第三遍的时候
狗穿过村庄
它伸出的红舌
舔过村中的每棵大树
水
从檐内到檐外
开始流
狗　舔着
流出的水
望着
渐渐发凉
的

天空

那位少年
一夜之间

便老了
他走出村庄

又走进村庄

他看见狗
守望在路口
它的长尾
在摇

1988.11.6

雨中做游戏的人

雨中的人
听到
一种声音
流过
自己的面颊

他把手扬起
又把手摊开
他走过村庄的边缘
便失去
一种声音
他跪下
把头扬起
他在变矮
天空
多么亲切
多么高

这是下雨的天空
水
从天上
流下来
这便是奇迹

（庄稼便长出来
诗便写出来

人便活下来）

只是鸟
鸟
打湿了翅膀
栖歇到
树上
它的对岸
便是

村庄

1988.11

我们走过的田野

我们离开村庄
在田野上奔跑
就是在那些长了小麦
玉米的田野上
奔跑

我们第一次与他相遇
并从此常常与他
相遇

他坐在水的北面
双手合十
口中念念有词
他看着村庄
又把手举起
举过头顶
他站起
喊了一句什么
又倒下

天

我们看见鸟群飞起
乌鸦或者麻雀
或者野鸭
正飞过我们

它们的羽毛比我们奇特

出乎我们的意料

它们飞过了

也就是飞过了

天

这个时候

村庄

在我们眼前

消失

1988.11.16

想念父亲

窗口外
石头
躺在山上
父亲
躺在石头的
右侧
这是在村庄
一个冬日的正午
这多么幸福
安详

天上
几丝云
很白的云
只有几丝
这很像
春天的
某个正午
几根游丝
飘过
谁的窗口

我不是在窗口
是在村庄
那条干枯着的
小河边上

我看着父亲
看着
他身边的
石头
我吹着口哨
折根树枝
向父亲招手
父亲就亲切地
笑了

我想　父亲
一定是听到
某种声音
那不只是我
吹出的
声音
比如风从地里
走过的声音
比如石头
从天上
滑下来的声音

我想念父亲
虽然他
离我不远
就在
我不远的山上
我想上山
我梦见
谷子已黄
种下的菜籽

已经开花
旷野之上
我是在
找着什么
就分明已听到

鸟声

1988.10

流　年

一

他坐在四月的雨雾里
读艾略特与他的《荒原》
听见那个挂在瓶中的孩子

分明是在哭泣

（哭泣的孩子春天要去南方）
“去年花园中种下的尸体
已经开始抽芽”

雨雾从堤岸游过
他捧起一把潮湿得就要呻吟的泥土
他喊出一句异常古怪
像是天国的声音

（他已到了一道空虚的山谷）

父亲坐在炕头摆弄他的孙子
母亲已十多年不在人世
祖母坐在门边敲打她的木鱼
做着梦的情人
醒了就会远去

（他已到了一道空虚的山谷）

他站在四月的雨雾中编织
一个花篮
他循着那缕气息
触碰到那些手　那些假发

那些腐烂多年的文字

（那位写这些文字的老头
几星期前　死在水里　沉入海底）
他听见钟声清脆地响了
两下
一枝发黄的玫瑰便从教堂的窗口
爬出

二

他听到那棵树的时候
太阳沉沉的
在他的发间散失
那位穿着童话
漂浮在空中的孩子

始终不能长大

他以一种泅渡的姿态
滑过你的肩头
他在你的耳边呢喃

讲述着连他自己也不太清楚的
一些人和一些事
他把手伸给你，他说

你就是我的家

这棵树已经越来越苍老了
不久，这树
会开些淡蓝色的小花
他坐在这树下数着斑斑
驳驳的叶子
他翻来覆去抚弄自己的手
感到某种东西
已无法逃脱

三

七色的空中有一种颜色沾满
灰尘
他在城墙边在蹋合而来的响
声里寻找那块早已缝合的伤
口

（湿气已随河流上升

他与你拾级而上
他于顽石之上蟾月之下
他感到有支湖与月亮的曲子
已占据整个躯体

他看见许多人夜半起床
出门流浪失去他们的家园

湿气已随河流上升）

他在四月的栅栏里
在风中听着树叶
他清晰地记得
太阳蓝了一次
绿了一次
又白了一次
你躺在那枚风筝之下
一定是想到你的母亲

母亲们这个季节在田里
插苗
察觉到有天鼓律动的声音

湿气已随河流上升

四

村道边父亲日夜寻找那块石子
白蚁们积食而居　等待春天的
第一句雷声
苍老的神话上山下山
始终不老
月亮中的那棵小树
无论上谁　也

无法砍断

他在早晨学着鸡的叫声起床
他浸泡在梅子的气息里
念着“疏影横斜”之类的句子
那群孩子此刻都坐在
树上
他们从水里来
就一定要

回到水里去

父亲碾珠丹的声音
如此清脆悦耳
这声音不老
这月光不老
父亲寻觅的
那块石子
也就不老

1988.4

小心玻璃

拿玻璃切割
阳光的人

走过大街

他匆忙的步履
异常真切

我们紧盯目标
尾随其后
发现
四月里的空气
在风中
拿玻璃的人
在人群中
我们与他
冷战
彼此想着心事
暗藏杀机

拿玻璃的人
用心切割
他的一举一动
他的声音的碎片
沉着

冷漠

已成我们

致命的威胁

1990.7

土的唯一方言

我来自平川
熟悉土
与它
飞扬的姿势
我所沾的土
预示
我未知的幸福

土，深黑色的土
在乡间，土
如何依恋
如何生长粮食
养活我们全家
土啊
我把你撒向天空多好
土啊
我在马车后面奔跑
见你扬起灰尘
填满我干裂的喉
我便是一株树
在人子走过的路旁
矗立

我，无意仿造
任何生涩的语言
面对土

我只能沉默

背对天空

双手劳动

你看啊

在这无须任何粉饰的

贫瘠之地

我怎样亲候

我所爱的一切

我怎样看见

我们横空出世的天才

与我一道

步入尘土，而后消失

1990.12.31

注：标题语出杨炼《太阳与人》。

鞋

鞋子
摆在我面前
沾满尘土
历经岁月光辉的鞋子
我把它
作为这首诗的题目
我与你一道端详
俯视　甚至触摸
然后我们一起回家
我们可以走三条路
选择其中最慢的一条
我们可以赶着牛
甚至唱着歌　甚至于
站在它的背上
进入秋天

秋天夕阳笼罩四野
秋天我门前的柳树
长出红叶
秋天我肩扛锄头
疲惫不堪地回家
我会老远地闻到
马铃薯焦黄的气息
我的妻
除了烧烤出焦黄的
马铃薯

还在做些什么呀

我出门在外

一天到头

夕阳时分　我坐到

修长的柳树底下

打量这个

正在忙碌的女人

这双鞋

我们走过的一生

1991.1.10

高　地

策马扬鞭，以火燔祭的人
通过高地
风从两耳穿过，风从两山间
吹过，衔及落日
落雪残阳在林梢停憩片刻
落雪残阳由高处直至水底

声音中的旅人心噙几多怅意
几多弯曲
十九失去爱情　三十失去青春
声音中的旅人臂负重囊
眺望明月销蚀红颜

唯有酿酒的司仪不遭戕害
横枪勒马而后是滚滚红尘的厮杀
酒。响起歌声
西出阳关的车队匿有黄金
衔及落日

从浅尝辄止故步自封到朝饮甘露
夜怀琵琶
从含混隐蔽到重获单纯
夜游湖泊者头一声听到凄婉
头一眼望见飞鱼
哪来的夜猿呢　它们走动是否撞见
密林中的黑石　它古拙怪异

夜晚端庄而且妩媚

以水冲洗梦游者的头且以水
养育森林灌溉沙地
这高高在上的湖泊，比湖泊
更高的粮食与山峰
这以土粉面的女人
比鱼更清洁且比城市更光彩
举起的利剑努紧的长弓
正对夕阳
使男儿动容

1991. 6. 12

忧　伤

高贵的事物，如同马匹
一样遥远。如同通向黎明的
向天之路，抵达时间
而不抵达心灵

那些死去的亲人，他们过于沉默
他们早已忘却昨日的累累伤痕
躯体腐烂，灵魂不老
我在风中听到死亡

沉重的呼吸。我在风中承诺
之后长久地睡眠
一双小手穿过早餐

触及我黎明前的杯子
一双小手过于慌乱
影响到我对于那些感伤的事物命名

1991.11.22

我守着黎明的这道伤口

我守着黎明的这道伤口
忧伤如同一座花园
守更的人已在病中
玫瑰花在这样的早晨

尽情地繁殖。我从未被告知
阳光的隐秘，在这样的早晨
一切都还是黑的，预示
吉祥的鸽子比昨天还要多出一个

而风已吹向边缘，智慧的果实
停在餐桌的中央
要赶在太阳升起之前

停止所有的工作
要赶在太阳升起之前
隐藏起我们所有的踪迹

1991.11

声　音

有这样一种音乐，它使我停下所做的一切——
交谈、阅读，甚至写作。它只允许我听。
只有听，倾听。甚至倾听也必须退居到幕后，退居到——无。

音乐，不！它只是一种声音。
一种被音乐声音化的声音。音乐使声音成为声音。
我们藉此而显现，而彰。

这声音洗去我脸上的尘土，它使我变得多么干净、清洁，
比我自身更干净，更清洁。

有人说，这世间有两条路，这是对的。
这世间也有两双鞋子，一双穿在我们脚上，
一双在梵高的画中。梵高就是穿着这鞋子走进他的阿尔，
他的圣雷米的。梵高是否听见
我刚听到过的这种声音？

声音昭示着一切。

我们说：这人多悲凉，她在大地上哭。
在深夜，在人所不至的地方哭——
这声音也使声音成为声音。
她为何要哭？她哭什么呢？

——哭泣意味着现世的停顿。

一个人在现世走得好好的，
而他被致命地刺了一下，
他便停顿，便空茫，便哭。

路人也会停顿。
他们在深夜停下脚步。他们不是为了
聆听，这没有什么好听的，可他们
必须停顿。
多么肃穆的现实。

人只有在停顿之时，才可能反观自身，
才从一个存在者而接近存在。
他将看到：他已错得多远。
原来这必须仰望的物，正是他所要栖居的房间。

1991.10.29

Ⅶ　乒乒乓乓的声音

诗意房子

乒乒乓乓
的
声音
传出去
拐个弯
便折回来
撞到透明的墙上
一座房子
就这样成了
你就此长歌
或凝神静气
等待美妙的
坐化

秋高气爽的日子
许多清癯的面孔
秋高气爽地走来
你升一炷烟
与他们谈天说地
四海之内
你原来还有许多
不曾相识的朋友
你们以似曾相识之心
于同一个节拍之内
小心翼翼而舞
笑容可掬而舞

左或者右

右或者左

从上而下

从下而上

你的房子由此展开

其翼若垂天之云

你坐于翼翅之上

还有你不曾相识的朋友

于每根筋脉之内

游泳

游　泳

乒乒乓乓

的

声音

传出去

拐个弯

便折回来

你站在透明的

墙壁之内

找一个出口

1987.11

想变一只鸽子的冲动

一只白得发腻的鸽子
向往一只白得发腻的云

白得发腻的鸽子
成 180° 摊开翼翅
成 0° 弯曲双腿
眼睛盯着脚底
山　水　沟沟坎坎
或是皱纹
白得发腻的鸽子
到这些地方玩耍
看一位少年写诗
面容苍老的格律
围着他旋转
他紧抱头颅
扯着头发
准备放声嚎叫
便成为忘却一切的
疯子
或者叫白痴

写诗的少年
头往后仰
定眼看着眼前的一切
童贞的天
只是鸽子

只是

鸽子

依旧地白

白得有些迷醉

一只　几只

一点　几点

一只白得发腻的云

向往一只白的发腻的鸽子

1987.12

中国琴师

你们
为何你们　常是些
瞎子啊

你们习惯于一种
打坐的方式
抚琴
空灵之境
总有些蓝鸟绿鸟
跌跌撞撞
撞醒
钟声

随风而舞兮
随风而舞
沐于沂
浴乎淇
风
水
丝丝缕缕
跌落升腾
缠绕于你们耳际
在你们耳边弯曲
你们踏
踏些淋漓寓意
回归为雨

为雪

在树上
你们静坐为巢
在水上
你们漂流为月
你们就是这样
点　点　滴　滴
在春天
你们驾些
不识字的小船
梦不断的
只是故里

苍然而行耶
慷慨而歌耶
高远之音
发于寂穆之泽
寂穆之泽
有美好的冥灭

生于斯
死于斯
只是你们
你们无法
于斯中
走出

你们
为何你们　常是些
瞎子啊

1987.11

东方菩提树（节选）

琴

东方人　坐
一个山头
听　另一个山头
弹琴

东方人摊开手掌
看命运的纹路
看雨水
由一个个小的沟壑
汇集到一点
而后
流出手心

东方人　听
流水的彩纹
相互碰撞
便佩一把长剑
抬头望月
于十里长堤之内
纹身而舞

东方人　坐
一个山头

泪流满面

认另一个山头

为知己

东方人举目而望

中间

隔一条

长江

棋

两只手

部署

两种颜色

城墙沿目光生长

黑与白

撒开

一种方式是另一种方式的

天罗地网

而长城

只有一道

隔山相望

或是

隔水相邻

仅存的几步

无法弥合

一种颜色

绘制
一种图案
一种颜色
在另一种颜色里
彻夜难眠

1987.11

诗化哲学

你盘腿而坐
想象自己
缓慢地胀大
从头到脚
漫无边际地
胀大
你便消失了

你不是去死
你还年轻
你的前面　有一道
绝对漂亮的石壁
你就站在她面前
沉思默想
你的影子划破她的面容
你伤心地哭了
你开始逃遁
你便消失了

有一条美丽的鱼
用了一片美丽的叶子
做一只美丽的船
有一位漂泊的浪子
伸一只纤细的手
画一幅无形的图案

山外有山
山外有山
你的影子是千年不动的影子
你的影子喊出声音
便在山与山之间盘桓
山不老
你也不老
你的子孙老了
便死在那只美丽的船里
你的子孙老了
便住在那幅无形的图案里
你也不来

看形容憔悴
看佳期佳人消逝
你的子孙
捧一只蝴蝶
读你　读你

1987.12

远　行

你骑一辆车
到远方
找一块

很圆的石子

你可以想象
那块石子上
坐一位
小女孩
小女孩的颈项
挂一串

透明的也是很圆的
石子

那一定是在海滨
天上镶一颗很大的石子
周围是一群
很小的石子

石子们不说话
小女孩也一样沉默

1987.9

附：有　生（随笔）

有　生

1. 房子是木头做的

房子是木头做的，鱼是木头做的，用来敲打的那只手所拿着的棒槌也是木头做的。

这鱼，是木鱼。是被敲打着的醒，是昼与夜都不会闭上的眼，是持。

对鱼而言，房子是大，其性空。它匍匐在房子的中央，房子是它的壳、它的边界。

对房子而言，这鱼是一只不可游动的鱼。它之于鱼是假借。如同刻在门上、柱上、梁上的汉字。

对房前屋后还在成长的树而言，房子是它们的体、它们的用。一根连着一根的木头，构成秩序，构成栖居，构成美。

太空有大静，房子亦然，因为房子是住。

树在成长，入地越来越黑，入天越来越深。房子受着树的包围，房子在树中静对风月。

山川日月会腐朽，房子也会腐朽，这是后来的事。是另一个故事的开头，是毁。

此刻，一个人坐在房子内，与木相伴。一个人坐在房子内敲打木鱼，构成了我内心的和谐。

2. 与“寺”有关的几个字

我所能够想到的与“寺”有关的几个字是：侍、待、持、诗。
侍：承也。承者，奉也。恭敬承奉之义。
待：等也。等待，有相遇的预期。
持：握也。握着不放开，便是持；紧握，便是坚持。
用于守候内心的那块领地，持，便是修持。

而“诗”就是对“寺”的言说。
“寺”又何解呢？
寺：土寸也。土就是大地，寸即是法度。
诗为何物？
诗就是对大地之法度的言说。

如何言说？
以一颗恭敬之心言说；在等待之中言说；
在等待之物灵光闪现的那一刻言说；在相遇之时言说。

而“持”是重要的。
对于诗人而言，“持”便是心灵之物不为外物所役；
对大地与大地之法度而言，“持”便是护持。
大地的那颗心也需要那些被它所选定的人所护持，这样，
它才不至于那么快便荒芜。

3. 上与下

上　古体的写法是一长横上面有一短横
下　与上正好相反
上与下都与“一”有关

一是边界　是地平线　衔接阴阳
一是爻　是变之轫　连着凶吉
一是嘴唇间的缝隙　轻轻地开启　便是言说
更大的开启　接近零

零即是无
无即是道
道生一
一生上下

与“上”同构之字是“且”
“且”就是“一”在“一”的上面立着
是象形　是先民对于生殖的崇拜　是“祖”
是开端

而“下”是什么呢
“下”是泥土　是深入到泥土中的根须
是一棵树埋藏在泥土中的部分

弗雷泽的《金枝》中写到一棵被守候的树
在湖畔　在庙堂的庭院中　有一棵树
它枝繁叶茂　长满金枝　它的守候者是王
王是凶悍的　他有着盖世武功
而王终究也是要老去的

如果谁从这树上摘得金枝
谁就有了弑王的资本　弑王者便是新的王

——树是神奇之树　王是已死或将死之王
树的神奇在于　树是贯通上下之物
它越是枝繁叶茂　越是接近天空
它的根便埋藏得越深

"祖"与"王"则是以另一种方式深入到泥土的
当他们老了　当他们走到终点　他们便成为土中之物
成为泥土　他们终于从"上"到达"下"

而这并非全部

当"祖"与"王"被铭记　被供奉　他们便成为传统
他们再一次成为"上"
当树在地上成长　当树在泥土中吸取到他们的养分
他们便沿着树的经脉来到阳光下　成为金枝

4. 门

"门：闻也，从二户，象形。"
由内可闻于外，由外可闻于内，谓之门。

门与听有关，与言说有关。

张志扬先生曾谈到过门——
他说：当夏娃用一片叶子挡住她的阴户时，世界有了第一道门。

此门为禁止之门，此门亦为诱惑之门。
这可视为一个开端，
人就是在这一刻，因了这门而降生为人。

同样是在《旧约》中，我们见到另一道门——
人子聚于巴比伦，
他们说：来吧，让我们建造一座塔，塔顶通天，
为要传扬我们的名。

这是人的第一次抵达“天门”的梦想。
这梦想半途而废，因为神的制止。

神制止人的方式是“变乱口音”。
“变乱口音”的结果是——你可以说，但我已不能听。

不可闻，则无门也。关于门，这是永恒的寓言。

有趣的是，在汉语中，有一个字与“门”有关，此字为“閶”。

“閶”的意思是“天门”。而楚人名门皆曰“閶”。

5. 时间之诗

“時”就是太阳在大地上的运行。
《说文》言 :“時，四时也。”
《释诂》言 :“時，是也。”

阳光照临大地，曰春曰夏曰秋曰冬，一岁一枯荣；

阳光照临大地，草木人鱼得生长得繁衍得显现得智得在，
生生死死，死死生生。
万物乃阳光在大地上所画出的画图，
万物在阳光下所得的智慧是生的智慧、死的智慧。
当黑夜来临，当喧哗与躁动远去，一切都必须安静下来，
必须回到自己的内心，正如《广雅》所说的："時，伺也。"

"伺"，就是侍奉，就是遵从，就是敬畏，就是等候，
因为生命与智慧都只存在于阳光下；
"是"，就是生存，就是看见，就是道路，就是真，就是在，
因为"是"，就是行走的人头顶有了阳光。

6. 个人的牢狱

"感：动人心也。从心咸声。"
这是《说文》给出的简短的解释。

而我所感受到的首先是它的"咸"——有一种感觉是
酸的、咸的，它时常在我们心中涌起

——因感而动而落泪。

此刻我便是在落泪，因为一部电影，
因为电影中所传来的歌声，天籁般的歌声。

这是《肖申克的救赎》。安迪因为受到"杀妻及妻之情人"的指控，被判终身监禁。

"肖申克"是一座牢狱。如果安迪不能完成自我的救赎之道，他便只能在此度过他的余生。

“肖申克”是现实的牢狱。安迪在进入这座牢狱之前，是一家银行的副总裁，但体面、光鲜的职业并没有给他带来更多的快乐。“一切都被制度化了”，有谁能够说职场不是现实中的另一种牢狱？

安迪本来有一个美貌的妻子，他们有过一段称得上浪漫的爱情，在外人看来，他们的婚姻也应该是美满的。然而火焰总有熄灭的时候，在婚姻中，更多的时候，可能是寂寞的。他的妻子没能守住这份寂寞，她移情别恋了，甚至是在他的眼皮底下做出苟且之事，全然置他的感受于不顾。那么，这婚姻算不算现实中的又一座牢狱？

安迪有罪么？安迪并不是“杀妻及妻之情人”的凶手，他被判有罪，只因为他有杀人的动机、计划与时机并由此引导出检察官看起来十分合理的推论。从这个意义上讲安迪是无辜的。然而，这无辜并没有减轻安迪内心的痛苦与悔恨。他知道：他是有罪的。正如他所说：“是我的疲惫、冷漠把她从我的身边推走的，是我把她推向了另一个怀抱，是我间接地杀死了她。”

这里便存在另一座牢狱——心灵的牢狱。

喜新厌旧、怀疑、自闭、贪与瞋、孤独与恐惧、傲慢与偏执，这些可能就潜藏在内心。这在某种意义上来说便是不能被轻易看见的牢狱——心灵的牢狱。

安迪能够实现他的自我救赎么？他用十几年时间所挖的那条隧道真的能够让他远离牢狱么？我看未必。

此刻，我想起剑男兄的诗句：“你以为哪里不是监狱？”

……

然而，绝望是没有必要的。至少，还有歌声。

当歌声响起的那一刻，我抑制不住流淌的眼泪。

那是在“肖申克”，一座现实的牢狱。

当歌声响起，那些人，有罪的或无罪的人都停下手中的活，在太阳底下站立。

他们在听。

他们可能并没有听清“那个意大利女人”唱的究竟是什么，但这并不妨碍他们内心的感动。

那声音纯净，仿佛不是出自喉嗓，仿佛从天降临。

7. 命运之书

“乾，元亨利贞。

初九：潜龙勿用。

……

九五：飞龙在天，利见大人。

上九：亢龙有悔。

用九：见群龙无首，吉。”

一部《周易》出现最多的字就是“吉”，其次，与之对应的便是“凶”。

“吉”与“凶”这两个字出现在最古老的龟甲之上，

“吉”与“凶”这两个字更深藏在我们这个古老民族的内心。

“吉：善也。从士口。”

“凶：恶也，象地穿交陷其中也。”

“地穿交陷其中”，这显然是出自人对自然灾害的记忆，更确切地说，“凶”，源自人类对于一次地震灾害的记忆。我们在“凶”这个字中看见了瞬间的天崩地裂，看见了大地上的呼号，看见了一个个无辜的生命在流血流泪，顷刻便消失。

《说文》说：“凶者，吉之反。”这可能是因为这两个字在《说文》中出现的先后顺序，“吉”在前，所以说到“凶”时，言“吉之反”。但从源头而言，我更愿意说：“吉者，凶之反。”因为人在大地上生存，无灾无难便是吉，平平安安便是吉。

而“吉”更多的只是停留在言语的层面，比喻祝福，因为“吉”，从“士”，从“口”。“吉”是“士”者所说出的言语。

“士”者，何人也？

《说文》曰：“士，事也。数始于一终于十，从一十。孔子曰：推十合一为士。”

“数”的学问，在我们的先人看来可能是极需要智慧且最神秘的学问。能够掌握这门学问的人，能够在数的变化中发现玄机的人，为“士”。

《周易》的学问便是“数”的学问。“易”就是变。什么变？数变。因为数变一切都在发生着改变。其间蕴藏着“凶”与“吉”。

而世界是圆的。从一到十，而后又会回到一。

而真正能够在这个“数”中实现超越的人是少见的，对众生而言，他们更多的时候，只是“在数之中”，这个“数”便是“命”，便是“命数”。

从心理层面而言，这导致了我们这个民族，对于“数”

的崇拜。

中国人可能不信神，但信“灵”，信“迷信”；

中国人对“数”的崇拜，导致中国人比其他的民族更加“迷信”。

而这种“迷信”就其本质而言不超越“凶”、“吉”。

“凶”是自然的存在，因为，人在大地之上生存，大地并不因为人的愿望而改变它的运行，比如地震，比如我们刚刚经历过的一场山崩地裂，八万个鲜活的生命，顷刻间在我们的视野中消逝。

“凶”的存在还因为我们自身，因为欲望，因为恐惧，因为欲望导致的贪婪，因为恐惧导致的软弱。

而“吉”是善的。大地运行，周而复始，即使遇到灾难，即使有再大的疼痛，当这一切过后，太阳照常升起。

“吉”是善的，还源于我们有一颗善良的心。

我们把祝福的话，把美好的愿望说与我们的亲人、我们的朋友，说与在我们身边走过或者正在远方行走、劳作的人，这便是“吉”。

8. 归去来兮

小时候，父亲带我到归元寺数罗汉，在这个白墙黑瓦的寺院的门楣上，我第一次认识了这个“歸”字。

“歸”，看起来就是一个人拿着扫帚。那么，“扫帚”与这个“歸”究竟有什么必然的联系？

大概拿扫帚的人多是女人，许慎在《说文》中说：“歸：

女嫁也。”

说“歸”为女嫁，这显然是用了其引申的含义：女子嫁人是要扫地的，女子要扫地，那是因为她有了一个属于自己的家。

在此，“歸”，已指明它的方向性，其方向就是“家”。

所以，“歸”在它的使用过程中早已隐去它的性别色彩，无论男女，只要回家，即为“歸”。

然，在“歸”中，这个扫帚的含义却是一直未曾去掉的。

因为，这个“家”是我们最后的栖身之地，它必须是窗明几净的，它最好是轻易见不到尘埃的，所以，无论男女，只要回到家中，都应该拿起扫帚，给这个家带来一份舒适、温馨、干净。

然，这个“歸”字又是因了何种原因而被写到了寺院的门楣呢？

近读佛经，还真的见到一个拿扫帚的人。

此人不在自己的家中打扫，他整日在他修行的寺院打扫。

此人名叫周利盘陀伽。

佛陀在世的时候，周利盘陀伽跟着佛陀学佛。可周利盘陀伽愚笨至极，不仅《金刚经》不会念，连“阿弥陀佛”都不会念，佛陀最后让他念“扫帚”这两个字，可他念了“扫”忘了“帚”，念了“帚”忘了“扫”，念了好久他才终于把这两个字念会。可到后来，周利盘陀伽神通却是最大的。

而周利盘陀伽的神通却是念“扫帚”这两个字念出来的。

与“扫帚”有关的最为著名的公案，当然是发生在神秀与慧能之间了。

神秀偈曰：“身是菩提树，心如明镜台，时时勤拂拭，勿使惹尘埃。”

慧能偈曰：“菩提本无树，明镜亦非台，本来无一物，何处惹尘埃。”

两道偈语针锋相对。一个说“有”，一个说“无”；一个强调“扫”，一个强调“无物可扫”。

神秀说“扫”，因为“身在尘中”，难免污浊；

慧能说“无物可扫”，因为“菩提自性，本来清净”。

那么，何为“自性”？

“自性”即“佛性”，即“真我之本性”。而这个“真我之本性”是“本自清静”的，它不受原始无明的污染、遮蔽，它是纯洁、透明的。而且，在慧能看来，这“自性”“本不生灭”、“本自具足”、“本无动摇”且“能生万法”。

然，这“自性”为何迷失？

“自性”的迷失在心迷，在“著于相”。

心迷在于起念。

人的意念无时不在活动，若心迷它物，便失其本性。

所以，整部《金刚经》所反复强调的是不可著于相，因为“无我相、无人相、无众生相、无寿者相”，“无法相、亦无非法相”，“无所从来、亦无所去”；因为“一切有为法、如梦幻泡影、如露亦如电”。

而神秀之“扫”，也是一种“著于相”的表现。他的心中有“树”、有“镜”、有“尘埃”。正是因为他的心中有尘埃，他便扫不尽尘埃。

而慧能证悟到“自性”的本质，证悟到“自性”的自我呈现。

“自性”有如天空，它本就蔚蓝、澄明，乌云对它的遮盖，改变不了它的本性；

“自性”有如清泉，它本自纯净、透明，即便沾染尘埃变得污浊，但只要它安静下来，它便会回到它清净的本来面目。

但，这并不代表容许自我的放逐。

慧能所强调的恰恰是人作为生命的弥足珍贵，因为在佛家看来，在所有生命中，只有人具有“自性”的本性，有了这一本性，才使“歸”路成为可能。

“歸”。歸去来兮。

“歸”。

一个拿着扫帚又放下了扫帚的人回到自己的家中。

9. 时间之间

（1）

“时”与“间”，是从什么时候开始，被连在一起构成“时间”的？

《说文》：“时：四时也。”

这里的“四时”，即四季之更替。

《释名》：“四时，四方各一时。时，期也。”

——将“四时”与“四方”相关联，这便使“时”有了方位，“时”与“间”构成“时间”成为可能。

“四方”给出了“时”之经纬——“我住长江头，君住长江尾”。同守一条时间的河流，我却在西，君却在东，“东——西”之间，隔着的是否即是“时间”之“间”？

（2）

对于生活在日常之中的个体而言，“时”是从白天到夜晚，从一次花开到下一次花开，春来，春去，春又来。

“时”沿着一条似乎可以看见的轨迹，周而复始，永不停息。在这条轨迹上每一秒都紧紧地连着上一秒和下一秒，这个“时”是“无间”的。

但是，果真如此么？

从佛经中，我们知道，真正意义的“无间”，只存在于一个地方——那便是生命形式的最底层：“无间地狱”。

“无间”有着五种含义，即：趣果无间——命终之后，直接坠此狱中，无有间隔；受苦无间——坠此狱，直至罪毕出狱，其间所受之苦无有间断；时无间——劫之间，相续而无间断；命无间——劫之间，寿命无间断；身形无间——地狱纵横八万四千由旬，身形遍满其中而无间隙。

但是，即便如此，这里的这个“无间”也不是绝对的，它只存在于“坠此狱，直至罪毕出狱”的这个期限之内。

尽管这个期限无比漫长，但与地藏菩萨解救一切苦难众生的宏大愿力相比，它或许也只是一瞬间。

（3）

对于“间”，《说文》是这样解读的：

“閒，隙也。从門，中见月。会意。”

从推开的两扇门中，抬头见月，这便是“间”。

——此时，明月当空，万籁俱静，除了远处偶尔传来三两声犬的吠鸣；

——此时，或有阵阵阴风，伴着落叶，一轮残月在云翳中忽暗忽明。

月可能是明月，亦可能是残月，
它挂在天上，它挂在两扇木门之间。

在此，我们看到，“月”与“门”的紧密联系。
——当“门”与“月”相遇之时，“间”才有了出现的可能。

“门”的意义在于，它规定了存在的空间——
当它敞开之时，它是道路；
当它关闭之时，它是阻隔；
当它留有一丝间隙之时，它是光可以找寻到的方向。

所以，“间”的本质，是在“门”间守望，是在“门”内停留，是在“门”的间隙中存在的可能性。

（4）

作为文字，“间”除了与“时”一同构成“时间”外，最常见的，它还与“空”一起，构成“空间”；与“人”一起构成“人间”；在乡野，还有一个常见词，与“人间”相对应，那就是“阴间”。

其实，不管是“人间”，还是“阴间”，它们确指的都是空间，这个空间，都在两扇门之内、之间。

显然，是有一条路的，但不可跨越。其间，也会有着使者，带着光亮出现。但只可仰望——眼见着她飞来，眼见着她飞去。

这是否就是今生？
这是否即是来世？
囿于两扇门之间，
囿于两扇门之间而见明月？

就是这轮明月，
她与我们相对应，
她有着持久的永恒的耐心，
她比我们更像一个守望者，
在我们共同期许的“时间”之“间”。

2007-2015

图书在版编目（CIP）数据

谁是张堪布 / 川上著. -- 武汉 ：长江文艺出版社，2015.12

ISBN 978-7-5354-8579-3

Ⅰ. ①谁… Ⅱ. ①川… Ⅲ. ①诗集－中国－当代 Ⅳ. ①I227

中国版本图书馆 CIP 数据核字(2016)第 002379 号

责任编辑：沉 河 谈 骁 责任校对：陈 琪

平面设计：川 上 责任印制：左 怡 包秀洋

出版：长江出版传媒 长江文艺出版社

地址：武汉市雄楚大街 268 号 邮编：430070

发行：长江文艺出版社

电话：027—87679360

http://www.cjlap.com

印刷：武汉市精伦达印刷有限公司

开本：640 毫米×970 毫米 1/16 印张：13.75 插页：4 页

版次：2015 年 12 月第 1 版 2015 年 12 月第 1 次印刷

行数：4158 行

定价：48.00 元